윤보영시인학교 10인의 고백

사랑하길 잘했다

윤보영시인학교 10인의 고백

사랑하길 잘했다

펴낸날　　초판 1쇄 2021년 4월 30일

지은이　　김경숙　김순복　김혜경　연공흠　오순금
　　　　　　유진혁　유화순　이주아　장복순　최혜순

펴낸이　　서용순
펴낸곳　　이지출판

출판등록　1997년 9월 10일
등록번호　제300−2005−156호
주소　　　03131 서울시 종로구 율곡로6길 36 월드오피스텔 903호
대표전화　02−743−7661 팩스 02−743−7621
이메일　　easy7661@naver.com
디자인　　박성현
인쇄　　　(주)지오피앤피

ⓒ 2021 김경숙 외 9인

값 10,000원

ISBN 979-11-5555-153-0 03810
ISBN 979-11-5555-154-7 05810

※ 잘못 만들어진 책은 교환해 드립니다.

윤보영시인학교 10인의 고백

사랑하길
잘 ——— 했다

김경숙

김순복

김혜경

연공흠

오순금

유진혁

유화순

이주아

장복순

최혜순

이지출판

"우리 감성시로 시집 발간하는 수업 운영할까요?"

감성시 쓰기 공식 특강이 끝난 뒤 한국강사교육진흥원 김순복 원장님께서 제안했습니다. 지금까지 감성시 쓰기 강의를 진행하였고 20여 권의 시집도 발간하였습니다.

하지만 재능기부라는 한계에 부딪혀 내가 쏟은 정성에 비해 그 효과가 미미한 편이었습니다. 그러던 차에 김순복 원장님이 유료 강의를 제안해 와 시험 삼아 받아들였습니다.

그렇게 시작한 감성시 쓰기 교실이 놀랄 만한 반응을 보였습니다. 참여한 사람들의 열정이 남달랐습니다. 강과 들판을 옮기고 심지어 산을 들었다 놓았다 할 정도의 의욕을 보였습니다.

10회 강의를 계획했고 '윤보영 감성시 쓰기 공식 10'과 각 수업별 3편의 첨삭지도를 원칙으로 시작하였습니다.

모두 적극적으로 참여하였고, 심지어 출장 중에도 녹화해 가며 수업을 들었습니다.

10회 수업이 끝나고 이처럼 공저시집까지 발간하게 되었습니다. 시집을 펼쳐 보면 한 편 한 편 모두 일상을 소재로 한 감성시로 바쁜 시간을 살아가는 사람들이 미소를 짓기에 충분한 시들이 담겨 있습니다.

산 정상이 우리가 쓰고 있는 시의 목적지라 할 때 저는 그냥 올라가는 지름길, 걸림돌이 되는 나무, 큰 바위를 옮길 방법을 알려 줄 뿐, 시는 스스로 적어야 합니다.

앞으로 감성시를 쓰는 훌륭한 작가가 되어 힘들어하는 사람들 가슴에 꽃을 피울 수 있는 날을 기대하며 공저시집 발간을 축하드립니다. 감사합니다.

시인 윤 보 영

한 해를 시작하며
만났습니다.

"우리가 시를 쓸 수 있을까?"

때로는 달콤하게
때로는 감미롭게

오글거려 못 쓰겠다던 시어들이
술술 쏟아져 나왔습니다.

감성으로 온몸을 휘감고
사뿐사뿐 걸으며 사랑 노래 불렀습니다.

커피시인
윤보영 교수의 시인학교 덕분입니다.

이 시집을
손에 들고 있는 당신!

새싹이 돋아나고 꽃이 피는
날마다 봄날이면 좋겠습니다.

2021년 봄날에 감사의 마음을 담아
한국강사교육진흥원장 김 순 복

■ 차례

추천의 글 · 4

책머리에 · 6

김경숙

사진 · 17

행복 바이러스 · 18

버드나무 · 19

남매 · 20

보석 · 21

여유 · 22

초대 · 23

봄비 · 24

봄나물 · 25

딸 · 26

엄마 마음 · 27

아들에게 · 28

김순복

밤나무 · 31

줄자를 꺼내다가 · 32

추억을 품은 책장 · 33

시간 쪼개기 · 34

암기노트 · 35

고장난 시력 · 36

1퍼센트의 용기 · 37

사랑의 계단 · 38

겨울 나뭇가지 · 39

라이벌 · 40

분주한 그믐날 · 41

와인 · 42

초대시 윤보영 커피 외 • 13

공저시집을 내며 • 149

김혜경

바나나 • 44
오렌지 • 45

금사과 • 46
단감 • 47

신호등 • 48
삶은 달걀을 까며 • 49

동전 • 50
변신 달력 • 51

별자리 • 52
상처와 사랑 • 53

삼겹살데이 • 54
사과데이 • 55

연공흠

콩깍지 • 57
비밀 • 58

일과 • 59
부자 • 60

그대를 만나는 날 • 61
선물 • 62

복권 • 63
내 안에 간직해야 하는 이유 • 64

시계 고쳐 주세요 • 65
좋아하니까 • 66

시치미 • 67
콩 타작 • 68

오순금

들꽃 · 70　　　　　　살아가는 이야기 · 71

돌멩이 · 72　　　　　손자 · 73

한라산 · 74　　　　　용천수 · 75

벚꽃 · 76　　　　　　행복 충전 · 77

커피라떼 · 78　　　　그리움 · 79

행운 · 80　　　　　　카페라떼 · 81

유진혁

감자, 사랑을 시작하다 · 83　　감자의 은근한 사랑 · 84

너를 만나러 가는 날 · 85　　　순백의 순정 · 86

뜨거운 감자 · 87　　　　　　애착 · 88

빛바랜 추억 · 89　　　　　　조미료처럼 · 90

추격자 · 91　　　　　　　　빨대 · 92

행복 · 93　　　　　　　　　귤 · 94

유화순

꽃 · 96

감꽃 목걸이 · 97

콩깍지 · 98

보배 · 99

추억 · 100

사랑 · 101

행복 · 102

밥솥 · 103

충분해요 · 104

버팀목 · 105

눈빛 · 106

눈썰매 여행 · 107

이주아

사랑 이삭 · 109

아니 벌써 · 110

당신 닮은 것들 · 111

당신 생각 · 112

무장해제 · 113

고백 · 114

핸드폰 · 115

어떻게 한 거죠 · 116

립스틱 · 117

가려움 · 118

별천지 · 119

사랑하려고 · 120

장복순

설중매 · 123

처녀치마 · 124

꽃은 언제 핀당가? · 125

그리움 · 126

달맞이꽃 · 127

어쩌죠? · 128

흑진주 · 129

인동초 · 130

경칩 · 131

얼음꽃 · 132

아카시아꽃 · 133

그대 생각 · 134

최혜순

꽃밭 · 136

전기 · 137

우연히 들른 카페 · 138

집에서 · 139

덕수궁 돌담길 · 140

전시회 돌다가 · 142

너라면 · 143

메모 · 144

눈내리는 날 · 145

스카프 · 146

에어팟 · 147

천장 변신 · 148

커피

커피에
설탕을 넣고
크림을 넣었는데
맛이 싱겁네요
아~
그대 생각을 빠뜨렸군요.

대전일보 신춘문예 동시 당선(2009)
《세상에 그저 피는 꽃은 없다 사랑처럼》 등 시집 20권 발간
'윤보영 시인의 감성시 쓰기 공식 10'으로 전국 순회 시쓰기 특강
춘천, 성남, 광주 등에 '윤보영 시가 있는 길' 등 다수 조성

단추

단추를 달다가
무슨 생각을 했는지 아니?
단추가 너였다면
내 마음에 달았을 텐데.

어쩌면 좋지

자다가 눈을 떴어
방안에 온통 네 생각만 떠다녀
생각을 내보내려고 창문을 열었어
그런데
창문 밖에 있던 네 생각들이
오히려 밀고 들어오는 거야
어쩌면 좋지?

(중학교 교과서 수록)

김경숙

영남대학교 환경보건대학원 석사
(사)국제서비스협회 전임교수
전 크리스토퍼 리더십 코스 영남센터 강사
대구파티마병원 자재관리팀 근무

사진

여기서 찰칵!
저기서 찰칵!
경쾌한 셔터 소리

기억을 담고
추억을 담는다
그대가 담긴다

내 마음의
행복 상자
그곳에 그대가 있다

행복 바이러스

꽃이 피었다
나도 따라 피었다

꽃이 웃었다
나도 따라 웃었다

좋아하는 마음 담고
내가 웃고 있으니
그대도 따라 웃겠지?

버드나무

축 늘어져
생기 없어 보이던
네 얼굴이

나처럼
봄이 온다는 소식에
파릇파릇 생기가 도는구나

남매

바닷가를 걷는다
둘이서

숲길을 걷는다
둘이서

주고받는 웃음
함께하는 마음

바다를 만든다
숲을 만든다

보석

오늘따라
하늘이 캄캄하다
별 하나 없다

알고 보니
엄마 마음 밝히려고
너희들 눈에 다 담았네

갑자기
내 마음이
아이들 사랑을 별로 단
하늘이 되었다

여유

꽃이 보이는
일상의 삶이 부럽다네요

일에 치여 아무것도
보이지 않는다네요

설마
저란 꽃까지
안 보이는 건 아니겠지요?

초대

흐르던 강물이
얼음장이 되었다

얼음 속 물고기
봄이 오면 풀려나고

나의 언 마음은
그대가 와서 녹여 주고

봄비

아침부터
봄비가 내립니다

메마른 가지에
돋아난 꽃망울!
그 위에 내려앉은 빗방울

함께
향기 나는 꽃 피우자고
속삭입니다

봄나물

날씨가 참 좋다
엄마, 냉이 캐러 가자!

맛있게 먹어 줄
가족 생각하며 캔
냉이 한 광주리
내 마음에 담았다

담고 보니
엄마 마음이 더 많이 담겼다

딸

웃는 모습이 이쁜 너
눈웃음이 매력인 너
날 꽃 되게 하는 너
볼수록 기분이 좋다

눈을 감아도
내 가슴을 온통
꽃밭으로 만든다

나는 너를
웃음꽃이라 부른다

엄마 마음

시골 마당에
작은 화분들
화분마다 심어 놓은
앙증맞은 꽃들

마당에는
자식들 사랑하는
엄마 마음이 자라고

내 마음에는
엄마 보고 싶은
그리움이 자라고

아들에게

합격!!
어렵게 듣는 소식
축하할 일이다

장애를 넘으면
또 다른 장애물이
너를 기다렸지

네 목표대로
마음이 움직이는 대로
하고 싶은 대로
느낌대로 하다 보면
안개는 점점 옅어질 거야

믿었다
네가 걸어갈 길,
그 길이 나오리라 믿었다

네가 걸어가는 그곳이
너의 길이 된다
또 다른 길을 걷게 되더라도
너를 응원한다
영원히~

김순복

상담학 박사, 경영학 석사

한국강사교육진흥원장, (사)한국청소년지도학회 서울센터장

한국강사신문 전략사업본부장, 기자, 칼럼니스트

가천대학교 명강사 최고위과정 책임교수

사단법인 한국강사협회 상임이사

오산대 외래교수, 한국열린사이버대 특임교수

에듀업 원격평생교육원 운영교수

저서 《벼랑 끝 활주로》 외 2권

밤나무

밤나무를 잘랐다
속이 텅 비었다

"후훗"

밤만 달면
뭐하나

나처럼
그리운 이
담고 있어야지

줄자를 꺼내다가

줄자를 꺼내다
문득
그대가 생각났습니다

우리 사랑은 몇 미터일까?
우리 추억은 몇 미터일까?

이런
7미터 줄자로는…

웃을 수밖에 없습니다
그래서
웃었습니다

추억을 품은 책장

책장에 책이 꽂혀 있다
회계원리, 재무관리, 마케팅, 교육학…
책 한 권 한 권에
낯익은 얼굴이 떠오른다

제자도 있고
은사님도 계시고
취업 준비에 몰두했던
나도 있다

그러다
미소를 짓는다

일상이나
인생이나
사랑도 모두
시간이 답이었다

시간 쪼개기

"바쁘다 바뻐"
늘 종종거린다

24시간이 부족하다고
종종걸음이다

하루를 쪼개고
다시 쪼갠다

그러다
또 실패다

시간 쪼개기가
안 되는 그대 생각에서

그만
멈추고 만다

암기노트

잊지 않으려고
열심히 생각을 한다

생각이 모여
산이 된다
바다가 된다

사랑을 얻기 위해
드러나지 않을 뿐
내 안에 그대 생각이 쌓여 간다

그대 그리움이
노트 한 권에 담긴다

고장난 시력

거울을 봤어요
그런데 이상하죠?

제 눈이
고장났나 봐요

거울 속에
그대가 보여요

내 가슴에 담긴
그대 모습 비쳤는지

웃고 보는 그대
참 보고 싶은 그대!

1퍼센트의 용기

그대를 처음 만난 날!

가슴이 너무 뛰어
숨죽이며 떨었어

1퍼센트의 용기 부족해
그만 입도 뻥긋 못했는데

그때부터
내 심장이 고장났나 봐

지금도
그때 생각만 하면

그때처럼 가슴이
뛰는 걸 보면

사랑의 계단

운동을 시작했어요
한 계단, 두 계단, 세 계단…

10층을 올라도
구름 위를 걷는 기분

쉿!
이건 비밀입니다

그대 생각하며
걸었다는 사실

겨울 나뭇가지

앙상한 나뭇가지
마음이 짠하다

봄부터 싹을 틔워
꽃을 피우고 열매 맺어

다 내어주고
앙상한 가지만 남았다

아
엄마!

라이벌

하루에도 몇번씩
전화, 문자, 카카오톡, SNS

확인하고
또 확인하며

그대의
흔적을 찾게 됩니다

그대는
변함없는데

내 마음에
라이벌이 살고 있었어요

분주한 그믐날

또
말일이 되었다

괜스레
마음이 분주하다

무엇부터 할까?

할 일이
줄서기 한다

언제나
줄서기의

앞자리는
그대 생각!

와인

와인이
시를 품었다

와인 속에서
무수한 감성이 쏟아진다

와인!
너 혹시 애인?

김혜경

펀펀힐링센터 센터장, 요리심리상담사, 다중지능평가사
《자유문학》 수필 등단(2003), 한국문인협회 회원
맛있는 책 쓰기 여행 강사
저서 《암치유 맘치유》(2015), 《암, 내게로 와 별이 되다》(2020)
에세이와 동인시집 《섬은 물소리를 듣지 않는다》(2005)
《나비 날다》(2015), 《꽃잎에 시를 쓰다》(2018)

바나나

초록 바나나가
노란 바나나로 변할 때까지
기다린 적 있습니다
하지만 그대 사랑은
기다리지 않아도 됩니다
이미 노랗게 물들었으니까

오렌지

오렌지 껍질을 까고 있습니다
손으로 까는데 쉽지 않군요
그대 마음도 쉽게 열리지 않았지요
열기도 전에 상큼한 향기로
내 마음을 흔들었네요
힘은 들었어도
여전히 좋은 당신!

금사과

아침 사과는
금사과라며
저녁에는 사과를
먹지 말라 했어요
어쩜 좋아요
나는 하루 종일
수줍은 당신 사랑을 먹고 있으니

단감

감 잡았다
잘 익은 감
한 입 베어 문다
달다

좋아하는 마음
고백하면
받아줄까?
부담스러워하면 어쩌지?
먹고 있는 감처럼
받아 줄 거야
감 잡았다

신호등

빨간불 멈춰
파란불 건너
자동차는 신호를 아는데
그대는 왜 아직 신호를 모를까?

그대 기다리는
내 마음
늘 파란불인데
혹시
그대 신호등은 수리 중?

삶은 달걀을 까며

막 삶은 달걀
냄비에서 건져 낸다

모서리 두 번 두들겨
금이 간 틈새
속까지 터져 나올라 조심한다

소금 찍어
아들 입으로
호호 불어
딸 입으로

하얀 동그라미 안에
노란 동그라미
동그란 마음 모아
사랑을 그린다
마음을 건넨다

동전

동전은 앞면과 뒷면
그림이 달라요
그래서 돈이고

그대 생각은 앞면과 뒷면
늘 같은 그림인데
그래서 사랑이고

변신 달력

까만 숫자는 일해요
빨간 숫자는 쉬어요
그대 만나러 가는 길은
빨간 날
모든 날을
빨갛게 칠하고 싶어요

너무 붉어
기다림이 없어도 좋아요
늘 싱글벙글
얼굴 가득 꽃을 피울 거니까

별자리

별난 세상에 태어나
별별 일 다 겪어도
너와 나는
별자리를 떠나지 않는
하늘에 그린 별
이제
우리
사랑으로 반짝일 차례

상처와 사랑

사랑하다 생긴 상처는
더 큰 흔적이 남는다
사랑의 깊이만큼 생긴 상처는
더 깊은 자국이 남는다

그래서
사랑을 해야 한다
상처만큼
자라는 사랑을

삼겹살데이

삼겹살 먹고 싶다 했지요
장 보러 나왔어요
대패 삼겹살, 냉동 삼겹살,
생 삼겹살, 오겹살까지 있네요
어느 것이 좋을까
문자 메시지를 보냈어요
무엇을 먹느냐 보다
누구랑 먹느냐가 중요하지
한 줄 답장이 왔네요
냉동 삼겹살 집었다가
생 삼겹살 들었네요
우리 사랑도
삼삼하게 구워 볼까요?

사과데이

사과하고 싶은 날
'사과한데이'
먼저 받은 한마디에
마음 돌덩이에
깃털이 납니다
날개 달고 날아갑니다

연공흠

영국 엑시터대 대학원 정치학과 졸업(행정학&공공정책학 석사)

한국방송통신대 대학원 문예창작콘텐츠학과 재학 중

《수필과비평》 신인상(수필), 《문학광장》 신인상(수필)

한국문인협회, 한국산악사진가협회 회원

저서 《사하라에서 별을 헤고 프라하에서 왕의 길을 걷다》(2011)

《명산 100, 백번의 도전 백가지 행복》(2018)

공저 《공무원이 말하는 공무원》(2014) 외

콩깍지

그대밖에 안 보여서
시력검사를 했어요

오른쪽 정상
왼쪽 정상

내 눈에
그대만 보이는 거
정상이래요

비밀

그대에게 보낸 편지
돌아왔다

누구일까?
그대가
내 가슴에 있다고
배달부에게 알려 준 사람

일과

다른 일 다 하고
너를 생각하는 게 아니야
네 생각만 하다가
잠깐 시간 내어
다른 일을 하는 거지

부자

부자 순위 1위에
내 이름이 올랐네요
당연하지요
세상에서 가장 귀한
당신을 가지고 있는 나보다
더 부자가
어디 있겠어요?

그대를 만나는 날

날이 춥다
내의 입고
스웨터 입고
조끼 덧입고
파카까지 입었는데
왜 이렇게 가볍지?

선물

텃밭 가득
그대에게 드릴
장미를 심었어요

꽃이 피면
한 송이, 한 다발
아니에요

꽃밭을 통째로
그대에게 드리려고요

복권

복권가게 앞에
사람들이 줄을 서 있네요
나는 그냥 지나왔어요

당신을 만난 것이 가장 큰 행운인데
복권에 두 번 당첨되었다는 이야기
못 들었거든요

내 안에 간직해야 하는 이유

그대 생각 너무 많아 걱정되어
은행 비밀금고에 보관하러 갔다가
거절당했어요

사랑하는 마음
너무 커서
보관할 금고가 없대요

시계 고쳐 주세요

시계가 고장났어요
그대와 함께 있으면 빨리 가고
집에 오면 늦게 가요

시계 좀 고쳐 주세요
그대와 함께 있으면 늦게 가고
집에 오면 빨리 가도록

좋아하니까

내 차에는
브레이크가 있고
가속페달도 있는데

우리 사랑에는
왜 브레이크는 없고
가속페달만 있는 거죠?

시치미

꽃구경 왔어요
문 열어 주세요

꽃이 없다고요?
시치미 떼지 마세요

그대가 꽃인 거
모르는 사람도 있나요?

콩 타작

콩 타작을 해서
모든 콩깍지를 털어 냈습니다
하지만
내 눈의 콩깍지는 털 수가 없어요

추수한 콩은
깍지를 털어 내야 알곡이 되지만
내 눈의 콩깍지는
쓰고 있어야 행복하거든요

오순금

행정학 석사, 제주아라행복강연센터장
국제웰빙전문가협회 책임교수
한국양성평등교육진흥원 전문강사
(사)치매없는세상만들기운동본부 이사
(사)제주국제명상센터 이사
뉴스포털1 시민기자, 공무원 정년퇴직
공저 《명강사25시》

들꽃

길에
들꽃이 피었다

작아도
무리지어 핀 꽃
눈을 멈추게 한다

깊은 향기에
발길까지 멈춘다

다행이다
꽃이 그대를 닮아서

살아가는 이야기

남편은
청소기를 돌리고
나는
걸레질을 했다

지구상에 70억 인구
35억 대 1로 만났으니
필연이라 해야겠지

환갑이 지나고
늦었지만
지금부터라도
쉬엄쉬엄 사랑하며 살자구요

돌멩이

길 가다가
돌멩이에 발이 채였다

너무 아프다
약이 없을까?

아,
그대가
코~
해 주면
그냥 나을 텐데…

웃었다
웃음이 약이었다

손자

세 살짜리 손자가
하니!(할머니) 하고
달려들 것만 같다

집으로 돌아간 손자
허전하다

몸만 가면 되지
왜
마음도 가져갔나

한라산

자동차를 운전하다가
깜짝 놀랐어요

바로 앞 한라산이
그림으로 보이는 것 있죠

브레이크 밟을 사이도 없이
그림 속으로 들어갔습니다

산은 없고
그대 생각을 펼쳐 놓은
그리움만 있습니다

오늘
운 좋은 날입니다

용천수

흐르는 용천수에
꽃잎을 띄웠더니
갈 곳을 찾지 못합니다

덕분에 꽃잎을
미소 짓는
그대 웃는 얼굴인 줄 알고
한참을 들여다보았습니다

벚꽃

아침에 봉오리가
오후에
꽃으로 활짝 피었어요

낮에 내리쬔 봄빛이
그대 사랑처럼
따뜻했나 봐요

행복 충전

핸드폰은
전선에 꽂아
충전을 하지만

내 마음은
그대 생각으로
충전을 하죠

미소가 나오는
행복 충전 말입니다

커피라떼

커피 위에 하트!
한참을 들여다보다가
깜짝 놀랐다

하트가 아니라
그대 얼굴이어서
정말 많이 보고 싶었나 보다

그리움

항아리에
담겨 있는 된장은
어머니 손맛!

내 마음에
담겨 있는 그리움은
그대가 남긴 추억

하나는 담백하고
또 하나는 아리지만
둘 다
소중하다

행운

클로버 잎이
세 잎이면 어떻고
네 잎이면 어때요

내가 찾는
그대가 지금
내 앞에 있는데

카페라떼

카페라떼를
테이크아웃해서 나오다가
유리문 앞에서 멈췄다

반대편에 서 있는 사람
내 안에 그대도
커피를 들고 있다

참
그대도
카페라떼를 좋아하지!

유진혁

벤처정보경영학 박사
청주대학교 창업 전담교수
문화창업 플래너
지식창업 코치

감자, 사랑을 시작하다

이쁘지도 않고
향도 없는데
끓는 물에 들어가
그윽한 맛을 풀어내는 감자

부족한 나지만
끓는 마음을 보여 주면
그대 마음이 들어와 사랑을 풀 수 있을까?

감자의 은근한 사랑

투박하고 거친 외모
흙 속에 뒹굴어도
모진 세파에도
제맛을 지켜내는 감자
왠지 정이 간다

연락 없어도
한결같은 마음으로 기다리다
달려가면 주름을 미소로 펴시며 반기는 엄마!
그래, 너는 우리 엄마를 꼭 닮았다

너를 만나러 가는 날

도저히 못 일어나던 침대에서 이불을 박차고 일어나는 날
신경 쓰지 않던 얼굴이 말끔한 신사로 변신하는 날
뭘 해도 지루하던 일상에서 1초가 아까워지는 날
병에 걸린 것도 아닌데 심장 박동이 빨라지는 날
다시 태어난 듯 모든 게 새롭게 보이는 날
하지만, 내 생각은 한 가지뿐인 그날!

그날이 도대체 언제일까?

순백의 순정

감자 껍질을 벗긴다
흙 속에 뒹군 울퉁불퉁 껍질
잘라낼 때마다
안쪽에 하얀색이 드러난다

그대에게 나는
어떤 색으로 기억될까?
그대 그리는 마음이 오늘도 애달픈데

뜨거운 감자

냄비 속 찐 감자
무심결에 집었다가
데는 줄 알았다

뜨거워도
좋기만 한 그대 생각!

다시 한번 볼 수 있다면
견딜 수 없이 뜨겁다 해도
내 가슴에 꽃이 필 때까지 참아낼 텐데

애착

감자 껍질에 붙은 검은 점들
칼로 도려내도 보인다
뿌리처럼 박혀 있어
정성을 쏟아야 다듬어진다

나도 그대 마음에 박혀
신경 쓰이는 사람이 되고 싶다
쉽사리 떨어지지 않을 수만 있다면

빛바랜 추억

오래된 가수의 노래
그때 그 시절
그대로 다가와
행복한 미소를 짓습니다

가슴에 담긴 빛바랜 사진 속
희미한 뒷모습은
내 청춘일까요
그대 그리움일까요

산도 옮길 듯 열정 넘친
내 청춘일까요
바람에 흔들리는 잎새에도
파르르 떨던
그대 그리움일까요

조미료처럼

냉면 맛이 이상한데?
겨자가 빠졌구나

영화가 왜 이렇게 심심하지?
팝콘이 빠졌구나

그대를 그렸는데 왜 이렇게 허전할까?
나를 바라보는 그대 눈빛이 빠졌구나

추격자

그대 생각에서 빠져나와
도망치고 싶지만
벗어날 수 없다

쫓고 있는 것은
그대 향한 내 마음이니까
벗어날 필요조차 없다

빨대

달콤한 주스를 마시는 것보다
지금 기분이 좋은 이유

그대 생각에
빨대를 꽂고 있어서겠지

행복

고장난 시계처럼
현재에 멈추고 싶다

그대 생각에 웃음 나오는
행복한 지금

귤

달콤한 귤
퍼지는 향

그대 생각할 때처럼
그대 만날 때처럼

유화순

스마트폰 활용지도사, 유튜브 크리에이터 전문 지도사

비대면온라인교육 강사, 수납전문가 강사

소통대학교 SNS소통연구소 서울중구지국장

한국정리수납협회 회원관리위원장

한국강사교육진흥원 교육위원

중구여성플라자 · 궁동종합사회복지관 스마트폰 강사 등

저서《유화순과 함께하는 유용한 스마트폰 활용 교육》외 4권

꽃

빨간색이
잘 어울리는 당신

빨간 스카프를 매면
더 멋진 당신

부족하다 싶으면
내 안에
사랑을 담아 주는
당신은
당신은 요술봉

감꽃 목걸이

감꽃 목걸이를 만든 적 있지요

하지만 지금은
친구 생각으로 목걸이를 만듭니다

목걸이를 걸 때마다
자꾸 보고 싶어서
나에게 소중했던 친구
고이 간직하고 싶어서

콩깍지

콩깍지 씌면
다 예뻐 보인다지요

얼굴 주름도
삐죽이 내민 흰머리도
그냥 예쁘기만 하다지요

세상의 모든 아름다움은
나처럼
그대
눈 속에 있었나 봐요!

보배

눈이 보배라지요

벚꽃
개나리
철쭉
눈은
아름다운 꽃을
볼 수 있는 보배지요

나를 보는
그대 눈빛!
이 중에
제일 설레는 보배지요

추억

나지막한 길
손잡고 오르고
구부러진 길
숨바꼭질하며 오르고

경사진 길
밀고 당기며 올라간 정상

저 멀리
산등성이가 줄을 섰네요
내 안에
그대와 추억이 줄을 선 것처럼

사랑

나는
밥을 하고 반찬을 한다

그대는
설거지를 하고 차를 탄다

지긋이 바라보며
미소 짓는다

이렇게
사랑은 맛들어 간다

행복

어디 가려고?
산책
나도 갈래

내 안의 그대가
달려나와
팔짱을 낀다

그대와의
행복은
늘 이렇게 시작된다

밥솥

밥솥에서
구수한
밥 냄새가 난다

오늘
그대 생각까지 넣었는데
어떤 밥이 될까?

충분해요

미안해
내가 더 일을 해야 하는데

충분해요

착하고
성실하고
책임감 있고

덤으로
사랑도 넘치고

버팀목

아~
무릎이 아프다
내 앞에 놓인 손
따뜻하고 듬직하다

그대는
삶의 버팀목

만약
정말 만약
그대가 없었다면
글쎄
글쎄
고개를 젓는다

눈빛

당신 눈 속에
값비싼 선물이 담겼다면
못 믿겠지요

그런데 어쩌죠?

그 선물, 이미
눈빛으로 받고 있는데

눈썰매 여행

눈 쌓인 언덕길
동생을 안고
눈썰매를 탄다

어디까지
갈까?

가다가
가다가
가슴으로 들어섰다

엄마 아빠가 계시는
고향 마을이 있는

이주아

심력연구소 심스쿨 대표

명상심리전문가, 심신통합치유전문가

저서 《심력(Mind Effect)》

교육 및 전문가 양성을 통해,

20여 년간 몸. 맘. 삶의 깨어남의 여정을 안내하고 있다.

사랑 이삭

벼 이삭은 익을수록
고개 숙이는데
내 사랑은 익을수록
고개를 든다

몸도
마음도
인생도
활짝 펴진다

사랑하길
잘했다

아니 벌써

벌써 아침인가 했더니
아직은 밤

당신 생각 꺼냈다가
내 안이 밝아져
아침인 줄

아직 밤인가 했더니
벌써 아침

당신 만나게 된 것이
꿈인가 싶어
밤인 줄

당신 닮은 것들

솜사탕처럼 달콤한 당신
아니아니
당신처럼 달콤한 솜사탕

수정처럼 맑은 마음
아니아니
당신처럼 맑은 수정

하늘처럼 깊고 넓은 사랑
아니아니
당신 닮아 깊고 넓은 하늘

당신 생각

어제 내가 종일 한 것
오늘 내가 종일 하는 것
내일 내가 종일 할 것

해도 해도
끝이 없고
그래서 더
행복한 것

무장해제

아로마 두 방울
은은한 향기가
코로 피부로

무장해제
내가 당신을 처음 만나
황홀했던 그날처럼

고백

코가 간질간질
재채기가 나올 듯 말 듯

입이 근질근질
사랑한다
고백할까 말까

에취!

재채기 나온 김에
사랑해!

핸드폰

외출 전
핸드폰부터 챙긴다

내 하루가 다 담겼으니까

외출 전
네 생각부터 챙긴다

네 생각이 내 일상이니까

어떻게 한 거죠

당신을 만나고
세월이 거꾸로 가요

뜨거운 열정에
몸과 마음은
더 젊어졌다는 소리를 들어요

내가 생각해도
좋은 생각을 많이 하게 되고
아이 같다는 느낌이 들어요

혹시 당신!

립스틱

건조한 입술은
립스틱을 발라
부드럽게 만들고

모난 일상은
그대 생각을 꺼내
부드럽게 만들고

가려움

손가락에 작은 상처
며칠 가렵더니
새살이 나왔다

토라졌던 내 마음도
간질간질
사랑이 돋아나려는지

별천지

시골 나들이
밤이 어둡다
쏟아질 듯 많은 별

눈을 감는다
네 모습이 선명하다
네 생각은 빛
내 가슴은 너를 담고 있는 하늘

사랑하려고

물고기가
물의 존재를 잊듯

숨 쉬면서
공기의 존재를 잊듯

하늘에 둘러싸여 있으면서
하늘을 잊듯

너무 가까워
너무 한결같아
너무 안전해

잊었어요 잠시
당신의 사랑

기억할게요 영원히
당신의 사랑

이제 알겠어요
내가 왜 태어났는지

장복순

《참여문학》으로 등단, 한국문인협회 회원

광양저널 기자(서울지부 편집본부장)

가천대 명강사최고위과정 운영교수

대한민국 교육산업 대상 수상, 대한민국 신지식인 36호 선정

저서 《그리움 0516》(시집), 《명강사 25시》(공저) 외 다수

설중매

겨우내 품고 있던
가슴속 불씨 하나

춘설에 꽃불 켜니
벙글어진 가슴은

그대 얼굴 닮아
꽃불이 예쁘다

처녀치마

깊은 계곡 습한 자리에
처녀치마꽃이 피었네

나처럼 자신 있게
꽃대 올려 피우는 꽃잎

다소곳한 긴 치마는
오지랖을 드리우고
나처럼 예쁘게 피었네

꽃은 언제 핀당가?

진달래꽃은 언제 핀당가?
엄니!
엄니!
한 밤만 자면 피어?
열 밤만 자면 피어?
백날 물어보는 철부지 딸에게
자장가 불러주며 하신 말씀
스무 밤만 자면 핀단다
진달래꽃

그리움

손끝만 누르면
이어지는 길이건만

그대에게 가는 길은
천리만리 멀고 멀어

안개 속 꿈길 모두
밤새워 걸어봐도
돌아서면 그 자리

언제쯤 오셨나요?
그대는 이미 내 곁에

달맞이꽃

달맞이꽃은
달밤이면
줄기마다 꽃을 피워
주변을 환하게 밝히고

나는
그대 안에
내 생각을 가득 담아
소소한 일상을
환하게 밝힌다

어쩌죠?

들꽃 같은 마음에도
일렁일 때가 있습니다

저무는 강가 노닐다가
붉게 타는 노을 앞에
눈을 감고 서성입니다

그대 생각 멈춘 자리
눈을 뜨면 도망갈세라
차마 눈 못 뜨는 이내 심사
어쩌죠?

흑진주

차마
견디기 힘든 아픔이었지

움직일 때마다
파고드는 이물질은

품고 사는 세월 동안
큰 고통이 굳어져서
영롱한 진주가 된 걸 거야

아마도 넌
아픔을 감추고 살아온 세월만큼
찬란하게 빛을 발하는
흑진주가 될 거야

인동초

엄동설한 모진 고초
꿋꿋하게 이겨내고

달빛 고요한 밤에
이슬 머금고 태어나
순백의 꽃이 되었다네

햇살 고운 뜨락에서
벌나비 떼 춤추며 노닐다가
그만 정분이 나면
얼른 황금 옷으로 갈아입고
살포시 고백한다오
난 처녀가 아니라고

경칩

경칩입니다
자신의 때를 어김없이 알고
겨울잠에서 깨어난 개구리들
첫입 떼는 울음소리
와글와글 와글와글
저만 아는 연주회인 듯하여
마냥 신비롭습니다

개구리 입을 떼듯
그대 그리움도
밀봉된 마음을 떼어내고
참았던 그리움으로 왁자지껄

얼음꽃

밤새 피었나 봐
온 산 나뭇가지에
주렁주렁 열린 수정구슬은
찬바람에 피어난 얼음꽃이래

보석처럼 빛나는 꽃 앞에서
차마 그대 생각 못 했다네
그대 따뜻한 미소에
행여나 얼음꽃 질세라
설렘주의 경보만 발령 중…

아카시아꽃

아카시아꽃은요
겨우내 못다 내린 눈
길 잃고 헤매다
이제사 내려와
순백의 눈꽃 되었나 봐요

아카시아꽃은요
간밤에 고운 달빛
살며시 내려와
목화솜처럼 하이얀
꽃구름 되었나 봐요

그대 생각

그대를 사랑하는 일이란
가슴에 꽃씨 하나 품어서
그대라는 꽃을
아름답게 피워내는 일입니다

그대를 좋아하는 일이란
마음에 꽃밭 하나 만들어서
그대라는 꽃동산을
알뜰히 살피는 일입니다

최혜순

외국인 대상 영어 자원봉사자 (Volunteer for Foreigners)

어류 해설가 (Fish Commentator)

세계문화유산 해설가 (World Heritage Site Docent)

꽃밭

안뜰
바깥뜰
어디에 심을까?

장미
수선화
프리지어

그대가 볼 수 있게
내 안에 심었다

그대만
들어올 수 있는 꽃밭!
안내판을 달았다

전기

내 몸엔
정전기가 많다

정전기는
무엇으로 만들어질까?

혹시
버리지 못한 집착이
일상과 부딪쳤나?

점화되면
그대 그리움 만드는
발전소 짓고 싶다

그대 모습
더 선명하게 볼 수 있게
볼트와 와트를 높여야겠다

우연히 들른 카페

쌉쌀한 맛
형언할 수 없는 향!

그때 만났던
그 사람
다시 보고 싶다

그 맛
그 향기
그 기억으로

카페
핑계 삼아
우연으로 만나고 싶다

집에서

집은 좋다
편해서
내 맘대로 할 수 있어서

그 집
내 가슴에 지었다

모래알같이
많은 이야기
펼쳐 놓고 싶어서

이야기 속으로
그대 손잡고
걷고 싶어서

덕수궁 돌담길

돌담길
오랜만에 걸었다

보고 싶은 친구들
세월을 꺼낸다

푸르던 시절
향기가 그대로 담긴다

추억 속에
친구들을 한 명씩
불러가며 걷는다

그 시절
넘치던 웃음이
꽃으로 핀다

웃음꽃 가득한
돌담길을
가슴에 담는다
웃음소리가 들린다

전시회 돌다가

전시장에
수많은 그림

온 세상의 애환
만 가지의 생각
색색의 아름다움

꿈속에 그리던 곳
가고 싶던 여행지
찾고 싶었던 청춘

그곳을
내 안의 그대와
돌고 있다

세월이 흘렀지만
추억하는 이 순간
행복하다

너라면

무조건 이쁘다
어떤 옷을 입어도
어디에 있어도

그냥 이쁘다
너는 함박꽃이니까

내 가슴에
활짝 피워 두고

그대 만나면
얼굴 가득
미소 짓고 싶다

메모

떠나려거든
짐을 쌀 때
메모 하나 주고 가세요

떠나고 난 뒤
메모 따라가다
그대 생각에 웃을 수 있게

그러다 지치면
양지바른 길목에
메모를 걸어두고

지나가는 바람 편에
그대 기다리다 떠났다고
알려나 주게

눈내리는 날

언제 오나
기다렸는데
이제 왔구나

반갑다
눈송이

그런데 어쩌니
사랑하는 이가
옆에 없으니

너를 핑계 대고
불러야겠다

스카프

스카프를 두르고 오니
예쁘다고 했지

그날부터
내 삶에
스카프가 된 그대

마음마저 따듯한
그대 미소를
둘렀다

에어팟

내 귀에 딱 맞다
오른쪽 왼쪽

소리가 난다
그대 발자국 소리가 들린다

고마워서
5G
그대와 사귀길 잘했다

천장 변신

소파에 누웠다
천장이 펼쳐진다

칠판이다
커다란 종이다

기억 속 어린 시절
마을을 그렸다
그대가 달려 나온다

보고 싶어
죽을 만큼 힘들었는데

"너, 오늘
죽었다!"

■ 공저시집을 내며

▶▶ 새로운 것에 도전하고, 몰랐던 것을 알아가는 과정은 진정 자신을 아름답게 가꾸는 일이라는 생각을 다시금 하게 되었다. 세상에서 가장 지혜로운 사람은 배우는 사람이고, 세상에서 가장 행복한 사람은 감사하는 사람이라고 한다. 윤보영 시인님의 감성시를 통해 더 밝게 세상을 바라보는 마음을 가지게 되어 감사하고, 삶이 더욱 풍성해진 느낌이다. 오늘도 행복 연가를 불러 본다.   – 김경숙

▶▶ 막연하게 씨앗을 뿌렸는데 꽃이 되었다. 꽃이 되면서 그동안 숨겨졌던 사랑을 꺼내 보며 행복했던 시간! 참 좋은 사람들과 좋은 인연으로 함께한 매일매일이 소풍이었다. 핑크빛 스카프를 두르고 봄바람에 머리 흩날리며 그대와 사뿐사뿐 구름 위를 걷는 기분이랄까? 윤보영 시인님 덕분에 우리는 가슴에 그대 하나씩 품었다. 아, 지금도 보고 싶은 그대! 우린 모두 콩깍지 사랑 속에서 이 순간도 행복을 노래한다. 참, 사랑하길 잘했다.   – 김순복

▶▶ 느닷없이 찾아온 코로나19로 힘든 한 해를 보냈다. 작년 연말 애써서 잘 살아낸 나에게 작은 선물을 주고 싶었다. 그때 우연히 알게 된 것이 윤보영 시인님의 감성시 수업! 그 후 매주 화요일 밤이 기다려졌다. 아직도 시는 쉽게 마음을 열어 주지 않는 애인 같은 존재, 그래도 시를 쓰고 나누며 행복했다. 따사로운 햇살 같은 위로와 희망을 전하는 시인의 꿈을 꾸어 본다. 봄날, 나에게로 온 또 하나의 선물에 감사하고 행복하다.

– 김혜경

▶▶ 몇 번을 읽어도 고개를 갸우뚱하게 하는 시가 있고 읽는 순간 가슴이 촉촉해지는 시가 있다. 서너 쪽 읽고 던져 버리는 시집이 있고 손에 잡으면 놓지 못하고 단숨에 끝까지 읽는 시집이 있다. 얼굴에 미소를, 가슴에 행복을 심어 주는 윤보영 시인님의 지도로 일상에서 소재를 끌어 시를 썼다. 지은 이만큼 읽는 이도 행복했으면 좋겠다. 버려지는 책이 아닌 소중한 책이 되기를 소망한다.   – 연공흠

▶▶ 봄이면 나의 텃밭에 새로운 식구들이 싹트는 것처럼 그냥 씨를 뿌렸는데 꽃이 피고 열매를 맺으려 한다. 새 생명을 반갑게 맞이하듯이 가슴 설레며 쓴 메모가 감성시를 탄생시켰다. 윤보영 시인님의 감성시 쓰기 코칭 덕분에 '그대'라는 애인을 얻었고 사랑하게 되었다. 늦은 나이에 시 쓰기가 쉽지는 않았지만, 가슴에 가두어 놓았던 일상의 단어들을 천천히 세상 밖으로 내보내고 싶다. 그대를 사랑하고 싶다.   – 오순금

▶▶ 윤보영 시인님의 감성시 강의를 듣다가 나도 몰래 시에 마음이 살랑거렸다. 감성시에 이끌리듯 살짝, 나만의 시를 꿈꾸며 시집 프로젝트에 덜컥 신청을 하고 말았다. 일상을 말하듯 메모하라는 시인님의 가르침이 무색하게 시 메모 하나도 어렵기만 했다. 어린 시절을 추억하다 남편을 바라보았더니 어느새 시 메모가 애틋한 사랑시로 탄생했다. 수줍게 떨리는 마음으로 첫 시집을 기다린다.   – 유화순

▶▶ 어려서부터 시 쓰고 글 쓰는 걸 좋아했다. 싸이월드 시절에도 정말 많은 글을 쓰며 맘껏 감성을 풀어내곤 했다. 그런데 어느 순간 일상에서 시와 글이 줄어들었음을 발견하고 나에게 주는 선물로서 시작한 윤보영 시인님 수업. 시 중에서도 감성시 수업. 어색하던 마음에서 어느 순간 감성시의 매력에 빠지다 보니, 일상에 유머와 감성이, 삶에 대한 사랑이 더욱 살아남을 경험하게 되었다. 소중한 경험이 함께 시집까지 낼 수 있도록 이어지니 너무나 감사하다.   – 이주아

▶▶ 시를 알기 전 나의 언어는 황량한 광야에 있었다. 비즈니스라는 이름하에 보낸 전투 일지들. 새로운 에너지가 필요했다. 다른 세계에서 숨을 쉬고 싶었다. 마침 윤보영 시인님을 만났고, 그동안 머리로 눈으로 보던 시에서, 마음으로 손으로 깊숙이 느끼는 시의 세계로 훅 들어와 버렸다. 어느샌가. 숫기가 많은 나에게 감성시는 다소 어색한 장르였다. 사랑타령이라니. 하루 이틀, 낯선 것과 조금씩 친숙해지면서 그 맛을 알아 버렸다. 그 이상에 길들여졌다. 그래, 내 삶을 단 하나에 바친다면 사랑일 수 있겠다. 그래, 사랑하길 참 잘했다. — 유진혁

▶▶ 언어의 연금술사가 되고 싶었던 꿈 많은 산골 소녀가 등단하여 시인이 되었고, 막상 시인이라는 완장을 채워 주니 시가 자꾸만 도망을 갔다. 그대를 보내고 버거운 삶이 또한 그랬다. 윤보영 시인님과 시 쓰기 동기들 덕분에 다시금 시가 내게 왔다. 사랑하고, 감동하고, 희구하고, 전율하는 일상의 모든 이야기가 선물이 되어 내게로 온다. 아직도 벗겨지지 않는 콩깍지! 그대라는 고귀한 선물! 인생을 시처럼 살고 싶다. — 장복순

▶▶ 윤보영시인학교에 발을 디디면서 짐덩어리가 되지 않을까 걱정을 했다. 사랑을 아무나 할 수 없는 것처럼 시도 아무나 쓰는 것이 아닐 텐데 과연 내가 쓰는 메모를 시로 만들 수 있을지 걱정이 앞섰다. 몇 달이 지나면서 짐덩어리는 복덩어리로 변하고 있다. 시가 나의 생활이 되었고, 시에서 긍정적인 생각과 희망을 품게 되었다. 사랑과 행복을 노래하는 문우들과 함께하는 시간 또한 나에게는 기쁨이었다. 시집과 함께 문우들도 꼭 간직하고 싶다. — 최혜순

윤보영시인학교 10인의 고백

사
랑
하
길 잘
했
다